わが遺言詩集

竹川弘太郎

ぬばたまの夜の更《ふ》けゆけば　楸生《ひさぎお》ふる
清き河原に　千鳥《ちどり》しば鳴く

山部赤人《やまべのあかひと》
（萬葉集）

命の全《また》けむ人は
たたみごも　平群《へぐり》の山の
熊《くま》かしが葉を
うずに挿《さ》せ　その子

倭建《やまとたける》

太古の英雄がその西征、東征の全責務を終えた帰途、病臥しての辞世の歌
（古事記）

わが遺言詩集◆目次

❖プロローグ 7

うすらっ寒い街角で 8

❖遺言詩篇 11

わが闘争 12
ふたつの斑点から始まる哀歌 15
にんげん 19
命の終わりに——鳥居哲男に贈る 22
新宿情景 32
北極星 34

❖拾遺詩篇 39

あなたへの恥しい挨拶——秋の歌 40
月光幻想 43
合歓 46
落日とうぶ毛 48
毛 51
ゲンゲ沢地の蓑の歌 55

春の葬送 65
❖訳詩片々 67
柏舟――『詩経』 68
わが柩を送る時の詩――陶淵明 71
促織――杜甫 74
崇義里の滞雨――李賀 77
葛を種える詩篇――曹植 79
❖わが師に捧げる頌歌――狂骨の詩人　金子光晴 85
❖エピローグ 105
❖遺言状代わりのあとがき　竹川弘太郎 109
跋　凝視と純情のドラマ　鳥居哲男 125

装丁◆加藤保久
組版◆フリントヒル

プロローグ

うすらっ寒い街角で

不意に引金をひきたくなることがあるのだ！

蜜柑《みかん》いろした夕陽がにじむ
うすらっ寒い街角を曲がると
さらに寒ざむとしたきみの背中がそこにある
そんなときだ——
ぼくが無性に引金をひきたくなるのは

憎悪に燃えた眼で
ぼくは睨《ね》めまわす
　暮れてゆく

空を
街を
運河を
そしてまたも
きみの背中を

ぼくはそっと　熱い掌をしのばせる
内ポケットに隠しもつ
ピカピカに磨きあげた
ぼくの兇器に

その清冽な冷たさは
気負ったぼくのこころを鎮め
どんな微細なものでも透視する力を与える
たとえそれが　夕空を飛ぶ一匹の羽虫であっても

ぼくは無心に兇器を構え
容赦なく引金をひく
寒ざむとしたきみの背中に

乾いた銃声をすばやく街が呑みこんでしまうと
きみは声もなく運河に墜ち
錆びた水面《みなも》の片隅を
みるみる赫《あか》く染めてゆく

かすかな血の臭いがあたりのひとびとの鼻をつくころ
ぼくはもう　そしらぬふりして
よその街をあるいている

遺言詩篇

わが闘争

夜明けの　寒い原っぱを
ひとりよろよろと辿《たど》ってゆく
老いた私の　頬のあたりを
そっと掠《かす》めてゆくものがある

ちらちら雪が舞ってるような
たちこめた霧が流れているような
そんな感じがないでもないが
おそらく違っているだろう

私を掠めてゆくものには

そんな感傷的《せんち》な言葉では
とてもあらわせそうにない
不気味なものがあるからだ

しばらく時が流れたら
そいつは私を　あっという間に
どこかへ拉致《らち》する　異様な力を
きっと揮《ふる》うに違いない

たとえ　そうだと分かっちゃいても　そのとき私は
精いっぱいの闘いを挑んでやる！
武器となる　痩せた腕《かいな》と　雑木の杖を
めちゃめちゃにへし折られようと
よく考えると　そいつは　ずーっとむかしから

蜻蜓《とんぼ》が　そこらを飛ぶほどの
かすかな羽音をたてながら　執念《しゅうね》く
私をつけまわしていやがったのだ

それならそいつは　たっぷりと時間をかけて
周到な準備をかさねてきている
僅かな知恵と力しかない私の抵抗なんぞ
苦もなく退《の》けることだろう

すると　私は　闘いの果ての疲労にうちのめされて
甃れ伏《たお》す毛もののように　夜明けの寒い原っぱで
口もとをすこし歪《ゆが》め　小刻みに身をふるわせて
冷たくなってゆくしかないのか——!?

ふたつの斑点から始まる哀歌《えれじー》

肋骨《あばら》が浮きだしたわたしの胸の
老いさらばえた　淋しい眺め
その右と左に　ひとつずつある
鈍《にび》いろをした斑点——乳首

風呂場の鏡にうつる乳首は
ときどき　なんだか気になって
指で突ついたりしていると
意味もなく　尖《とが》ってきたりする

やがて　この瞼に　不意に

奇妙な情景《ながめ》が流れはじめる　それは
おおきな皓《しろ》い乳房と　その頂の
熟れた棗《なつめ》の実のような　ふたつの乳首

それらはいつしか　そっと揺れ初《そ》め
徐じょに蠕《うごめ》きはじめるころ　どこからか
野性あふれる聲《こえ》　沸きあがり
わたしの耳朶《じだ》をふるわせる

〝春みじかし何に不滅の命ぞと
ちからある乳を手にさぐらせぬ〟
〝乳ぶさおさへ神秘のとばりそとけりぬ
ここなる花の紅《くれなゐ》ぞ濃き※1〟

わたしの想いは翔《と》んでゆく
こんな歌を吐きだしつづける
女人《にょにん》の軀《からだ》の　弾力のある乳房から
紅の神秘のとばりそとけるあたりまで

さらに想いは天翔《あまが》けて　神がかりした天《あめ》の宇受売《うずめ》が　桶踏み鳴らし
胸乳《むなじ》ゆさぶり　裳《も》の紐《ひも》を陰《ほと》に押したれ狂い踊り
八百万《やおよろず》の神々を　昂奮と哄笑《わらい》の渦に巻きこんだ
暗闇の太古《たいこ》の劇《どらま》※2に　魂を奪われる

…………

やがて　想いも鎮まると　明治の聖代《みよ》に
エロスを極めた歌を連ね　併せて〝すめらみこと※3〟の名を掲げ
反戦と反天王を高らかに詠《うた》いあげた

與謝野晶子の巨《おお》きさが　老いたわたしの胸を搏《う》つ

※1　與謝野晶子歌集『みだれ髪』
※2　『古事記』
※3　與謝野晶子歌集『恋ごろも』

にんげん

にんげんという生きものは
ある日　たまたま母胎に宿った
たったひとつの卵細胞に
冥《くら》い谷間で放たれた
十数億の微細な虫が
目暗めっぽう泳いだあげく
息も絶えだえにたどりついた
その一匹から生を享《う》けた
ひとっかけらの蛋白質が
じょじょに膨らみ　やがて
産毛のはえた　ぶよぶよの塊になり

ぎゃーぎゃーと哭《な》き喚《わめ》きつつ　血《ち》まみれで
地球のうえにころがり落ちたものでしょう

これらの現象の　時々刻々の映像は
あなたの脳髄の　左斜め下のあたりに
しっかりと刻みこまれているはずですから
眼を瞑《つぶ》って　しばらくじっと
無念無想でいてくだされば
ホーラ　白黒の映像として
あなたの瞼に流れだすのがわかるでしょう

その映像を追いつづけたなら
この世で出っくわす大抵のことは
どうでもよくなるような気が
わたしはしてきてならないのですが

あなたはいかがでしょうか？

もっとも　わたしも
痛いのと　痒《かゆ》いのと
熱いのと　凍えるのと
飢えるのは　もちろんいやです

だが　それよりも　なによりも
けんりょくに　あたまごなし
どやしつけられることだけは
まっぴら　ごめんこうむる！
ぜったいに　ごめんこうむる!!

命の終わりに
――鳥居哲男に贈る

風呂場の　古びた鏡にうつる
しみだらけの胸のひろがりに
とまった　醜い二匹の蛾
そんな乳首をみつめているうち
瞼に浮かんだ　ことがある

それは　遠いむかし
故里の家の　離れの
五右衛門《ごえもん》風呂を借りにきた

隣の長屋の　トキ姉さん
板戸に開いた　節穴から
こっそり覗《のぞ》いた
裸電球の灯影のもと
はらりと着衣《きもの》を脱ぎすてた
痩せた軀の　胸にある
ふたつの　ちいさな突起

そのてっぺんに
そっと頭をもたげた
赫《あか》みがにじむ　ものがあり
そうして目が　ずーっと下の
谷間のあたりに生え初めた
淡い茂みにゆきつくと
何のせいだか分からぬが

いけないことに思われて
節穴から　目を引き剥《は》がし
抜き足さし足　その場を離れた

ああ　あの日から　ずい分
たくさんの歳月が　流れていった

その間
けっして多くはないけれど　瞼には
いくらかの乳房と　その頂にある
子供のころ
よく舌先でころがした
棗《なつめ》や葡萄《ぶどう》のいろだったり
茶褐色　鈍《にび》いろをしたものなど
いくつかの乳首が灼《や》きついている

網目のように　チリチリ走る
静脈を透きとおらせた　おおきな乳房
北斎が描く富士のように　天を指す
蒼く尖《とが》った　ちいさな乳房
悦楽をむさぼり尽くし
昔日の俤《おもかげ》もとどめぬほど
頽《くず》れてしまっている乳房

張りつめた乳房のうえで
ある乳首は
絡みつくものをすり抜け
叱られた子供のように
逃げまわるうち
ある一瞬

激しく恥じらい
身悶《みもだ》える　だが
恥じらいがつのるほど
そそり起《た》ち
歪《ゆが》み
乳房にめりこみ
やがて
弾けるように
もとに戻った

ああ　一度だけ　ちいさな
茶褐色の噴火口から
白い熔岩がこぼれたことも――

また　ある乳首は

肋骨が透ける胸の
萎《しな》びた乳房のうえで
寝そべっていた　それが
どうしたはずみか　不意に
嵐が襲ったように
勃《た》ち
捩《よじ》れ
くるくると
渦をまきながら
鈍《にび》いろから
茜《あかね》に染まった

それにつられて
乳房は膨らみ
火照《ほて》り

揺れ
うねる

やがて
どこからか
何かのにおいが
流れてくるころ
幼な子がぐずるような
声がきこえたこともある
長く尾を引く笛の音に　山麓で
耳を欹《そばだ》てているような
そんな気がしたこともある
それほど大きくない毛ものが
奥山に横たわり　傷の痛みに
身を震わせて洩らすような

喘《あえ》ぎがきこえたこともあった

遠くから
笛や太鼓のお囃子《はやし》が
聴こえるなかで　ふたつの
豆つぶほどの肉塊が　ひっそりと
しかし　夢うつつで営む祝祭
フェイド・イン　そして
フェイド・アウト※
明るい光のなかで　あるいは
昏い光のなかで
飽きることもなく繰りかえされる
真実《ほんと》は　多分　いや
まったく無意味な祝祭も　やがて
ふっと　途絶《とだ》える刻《とき》がくる

おお
ひとつの命が終わる　その刻
誰も見あげぬ　冬の夜空に
ぽつんと　開き
すぐ消える花火のように
脳裏をよぎる
乳房と　乳首

だが　それらも　さっと
寒ざむとした空にのまれて
そのあとには
何の像も結ばぬ
空白だけが
流れているのか

残り少ない
フィルムが回る
かすかな響きとともに――

※映画で画面が徐々に明るく現れること。そしてそれが、徐々に暗く消えてゆくこと。

新宿情景

昔　新宿西口の酒場で　隣に座った
身なりは派手だが　少しくたびれ加減
中年のあばずれ女に声をかけられ
ほんのひと時　酒酌みかわした

言葉づかいの端々に　女の
すさんだ暮らしがのぞいたが
そのまなかい※に　ちら、ちらと
哀しげな翳《かげ》りもにじんだ

店に飛びこんだ若い衆《しゅ》二人

姐御《あねご》、親分の命《めい》でお迎えに、と
上目使いに挨拶すると
ご苦労さん、と腰浮かせ、きっぱりと

この人のツケあたしに回して、と店の主人に
じゃ、またどこかで、と私に告げて
ひらっと手をふり　冥い街へと消えてった
あばずれ女の後ろ姿が　今でも時たま瞼をよぎる

※目と目の間の空間

北極星

北極星を見ない
ずいぶん長い歳月
北極星を見ない
昭和二十八年　頭陀袋《ずだぶくろ》さげて
まだ戦争の焼跡が点々と残る
東京へ出てからずっと　北極星を
見つめたことがなかった気がする

（あ　いま思いだした
四半世紀ばかりも昔
気まぐれにでかけた

支那の哈爾賓《はるぴん》で
満天の星がきらめく
気が遠くなるほど深い闇のなかから
冴えた光を送り届ける北極星を
茫然と眺めたことがあったのを――)

諏訪湖を抱いたちいさな盆地の
故里の家の西には
今井という部落に向かう
真北に走る石ころ道があった
タカボッチと鉢伏山《はちぶせやま》に連なってゆく
二百歩ほど先の　小高い間下《ました》の社《やしろ》の右手
道からまっすぐ見あげたところに
私が知っているたったひとつの星座
柄杓《ひしゃく》の形の北斗七星があり　そこから

いくらか離れた位置に　ぽつんと
寒ざむとした光を放つ
北極星が見えた

そのころ読んだ漢詩のなかに
(誰の詩か憶えていない)
夜空の星は数えきれぬが
それらはすべて　無数の円を描いて
北極星を巡っていると詠われていた

地球の上で　人類が
初めて夜空を仰いだとき　すでに
この星はあっただろうが　いったい
いつまで耀きつづけるのか
そんなことをぼんやり想っているうち

ひとつ　またひとつと　流星が
あちらこちらから発射され
冥《くら》い空を　鋭く薙《な》いでは
消えていった

私はもう　十分に老いたから
あの故里に帰ることはない
故里の家の西を
真北に走る道から
北斗七星と　北極星を
仰ぎみることは決してないのだが

今　心から私は願う
瞼の奥に灼きついている
北斗の星と北極星　そうして

北極星に率いられた
幾兆億の星々よ——
永劫《えいごう》に
永劫に耀きつづけていてくれ、と

拾遺詩篇

あなたへの恥《やさ》しい※挨拶
——秋の歌

また秋が巡ってきたけど
あなたの秋はどんなふりしてやってきました?

澄みきったコバルト・ブルーの風に乗ってですか
臙脂《えんじ》いろした悔恨のマントを纏《まと》ってですか

それとも
ちらっと横目で見やったら
百年もまえからここにいたじゃないかといわぬばかりに

ふくれっ面《つら》でもしていましたか
黄疸《おうだん》めいた顔いろなんぞで

ああ　律儀なあなたは　きっと
ぼくにもおなじ挨拶を返されるのでしょう

ぼくの秋は　ある朝不意に
野菊　コスモス　竜胆《りんどう》　桔梗《ききょう》　鶏頭《けいとう》の花束に添えて
去年の秋からずっとごはんを食べたことがなかったような　飢えと
その飢えにただ手を束《つか》ね　じっと耐えているしかない　怠惰とを
最高位のふたつの勲章のように
ずしりとぼくの頸にかけてくれましたよ

武蔵野の林のなかで　ぼくはいま
時雨《しぐれ》のしずくにやさしく打たれながら

ぼくにきた秋にむかって　蟋蟀《こおろぎ》みたいに
繰り返し繰り返し礼を述べてきたところなんです

※タイトルの〝恥《やさ》しい〟は〝恥ずかしい〟を意味する。
『萬葉集』の山上憶良《やまのうえのおくら》の「貧窮問答歌」の反歌、
　世の中を憂しと、やさしと思へども
　飛び立ちかねつ。鳥にしあらねば
この〝やさし〟は〝恥ずかしい〟意である。現在使われている〝やさしい〟はこれが転
化したもの。

月光幻想

それは　寒い仕事です
別につらくはないのですが
それは　とっても寒い仕事です

月光が降っているのです
月光がさんさんと降っているのです

そのなかで　私は
ひとりで踊るのです

たくさんの眼が

私を見ているような気もするのですが
それは多分ちがうでしょう
なぜって
月光が
あんなに静かに
地に降り敷いているのですから
それはきっとちがうでしょう

月光のなかで
私は　踊ります
寒い踊りを　踊ります

そうしてずっと踊っていると
私は考えてしまいます
こんなにいっぱい月光が降っているのだから

私は邪魔だって
月光がさんさんと降っているだけで
それだけでいいって

そのとき　私は
地の果てをいっさんに逃走する
虎でなければならないはずですが……
私は　やっぱり踊っていて

それは　寒い仕事です
別につらくはないのですが
それは　とっても寒い仕事です

合歓《ごうかん》

あなたは　満ち
わたしは　溢《あふ》れる

こんなに陰湿な地にいて
こんなにひそかな愉楽を

何故でしょう
まるで無意味な息づかいの末に

あなたは　満ち
わたしは　溢れる

うす濁る泉が涸《か》れると
あなたは　みるみる冷たい石になる

何故でしょう
あんなに隠微な愉楽の末に

夏の空から　秋の空へ
そしらぬ貌《かお》で飛び過ぎる蜻蜓《とんぼ》たち

うす濁る泉が涸れると
あなたは　みるみる冷たい石になる

落日とうぶ毛

返照入閭巷
憂来誰共語
古道少人行
秋風動禾黍
耿湋「秋日」※

北国の汽車の窓辺に倚《よ》りかかり
うつらうつらしている女生徒の腕を
やがて海に沈む
秋の夕陽が照らしている

まどろむ主人に投げだされた
陽灼けののこる素肌には
落日が淡く染めたうぶ毛が
いちめんにゆれている

それは　なんとこころ打つ光景だろう
うっとりと見いる私の脳裏に浮かぶのは
はるかむかし　唐の詩人が憂いながらみつめた
返照《はんしょう》に赫《あか》く染まった禾黍《かしょ》の畑

ああ　だれか
走る列車の騒音のすべてを
ひと息に吹き消してしまう
魔力の持主はいないか

それなら　私は
ひっそり澄ませた耳の奥に
あのしなやかな毛たちがかわす
ささやきさえもとらえることができるだろうに

そうして　それは
はるかなる禾黍の畑で
唐の詩人が耳にした
もの憂い葉ずれの音よりも

もっと隠微な
もっとやわらかな響きで
ひからびた私のこころを
そっとゆすってくれるだろうに

※『唐詩選』

毛

一點《いってん》
するどく芽ぐむのだ
ほの昏いなだらかな傾斜
なめらかな膚《はだ》のひろがりの果てに
一點——
くっきりと
黯《くろ》く芽ぐむのだ

それは　毛
はじめての恥毛

とある春の夜
だぁれも気づかない
ある種の黴《かび》を含んだ空気があたりに満ちると
まっしろな膚の下に埋蔵された
蛆《うじ》の蠢《うごめ》く腐爛《ふらん》した肉を貪《むさぼ》り
塩からい血をたっぷり吸って
毛の根は太った

そうして　いま
こんなに静かな夜半に
ひっそりと
息づき
芽ぐむ

みるがいい

うす昏がりの傾斜に
點點と
するどく芽ぐみつづける
恥毛
恥毛の群れを

毛が生え
毛が生え
ほの昏いなだらかな傾斜
なめらかな膚のひろがりの果てに
漆黒の太い毛が生え
群がって生え
ありあまる腐肉を貪りながら
しろい傾斜をゆっくりと降りてゆくのだ

もう　しっとりと潤いはじめた
無明《むみょう》の谷間のほうへ――

ゲンゲ沢地の蟇《がま》の歌

この冷ややかな鼓膜のふるえは
おゝ　雁《がん》のはばたきではないか
おれのうえにはつたやかずらが
絡みあう百万の蛇たちのように生い茂り
ろくすっぽ空も見えやしねえ
そのうえには　おとといもきのうもきょうも
時雨《しぐれ》は音もなく煙っているのだろう
それにしても　めっきり寒い黄昏だあ
つたやかずらをつたわって落ちしきる雨だれが
うらさびた沢地の沈黙《しじま》を　一層わびしくすることだ

若いころには　おれさまも
タカボッチのほうまで匍《は》いずりあがって
このゲンゲ沢地を黯々《くろぐろ》と濡らす時雨を
ぼんやり眺めたことがある
——どうということもなかったが
そういえばあのときも　はじめての雁が　はたはたと
耳がくすぐったいほどでかい羽音をたてて渡ったっけ

雁なんか渡ろうと　渡るまいと
あのころのおれには　どうでもよかったものさ
ネネクのやつと戯れすごして
あいつが三日も気絶してたあの春
カナロのやつといいかいいかものいで争って
ともどもに笑い茸《たけ》を喰《く》らったあげくの　あの乱痴気騒《らんちきさわ》ぎ
羊歯《しだ》の繁みのなかから　鎌首を不意にもたげた

紅茸《べにたけ》のようにまっ赤な蛇に狙われて
――あのときほどびっくりしたことはなかったぜ
とどのつまり　やつの舌をひん抜いておれは勝ったが
いまではそれが因縁で　左後肢が朝夕痺《しび》れ疼《うず》くのさ
怖いもの知らずだったおれさまの肺腑に
冷たい風が吹きこみはじめたのは
考えてみると　あのころのことだったのかしらん――

怖いといえば　十年前の洪水《でみず》のときは怖かった
あゝ　あの日　ゲンゲ沢地にゃ噓みたいに
ちらちらと秋の陽がこぼれていたな
めずらしく乾いた落葉に匍いつくばって　仲間のやつらと
気軽な午後を　うつらうつらと過ごしていたんだ
そんなところへ　うむをいわさず
あいつはどっとときやがった

十万頭の猪《いのしし》が　地もとどろ押し寄せたかとおもったぜ
横っ飛びにおれは　ゴンゲン杉にとびついた
手にさわったなぁ　小高い樹皮の捲《めく》れだった
文句もくそもあるものか　おれはそいつにしがみついた
九分九厘観念しながら剥《む》いた目玉に映った眺めは
つたやかずらの網目に透けるハチブセ山のどてっ腹から
溶岩《らばあ》のような濁水がきりもなく溢れていたのさ

あたりのざまは見られたものかい
遠雷のような響きをたてて流れゆく礫《かわらけ》まじりの洪水のなかに
見え隠れ　おもいのかぎり叫ぶ猪
姿も見えず　双《そう》の角だけ揺られゆく鹿
おりおりに身をくねらせる　魚の鱗の鈍い光
腹ばかりまるまる膨れ　仰《あお》むけに漂ってゆく兎や野鼠
夕暮からは篠《しの》つく雨も降り添って

ゲンゲ沢地の洪水の夜は
どうどうと鳴る水勢と　ひきつるような獣声と
つたやかずらの不気味に揺れるざわめきの合間を縫って
梟《ふくろう》ばかりが　いやに間遠く鳴き交わしていた……

いく日いく夜続いたものか
いまとなっては記憶もおぼろだ
とにもかくにも　やがて洪水が納まった朝のあの空腹ったら……
どこから流れついたのか　泥水のうえに散乱した
蜉蝣《かげろう》の死骸をむさぼり喰らい　ひと息ついて気がつくと
ネネクやカナロはいうにおよばず
沢地の仲間は呼べど叫べど　一匹も残っちゃおらなんだ
それからのおれときたら　泣いた喚《わめ》いた
相手かまわずあたり散らした
あげくの果ては　ゲンゲ沢地の狼蟇《おおかみがま》だ……

なんでまたきょうは　むかしのことばかりが
洪水のときの黯いうねりのように　あとから
あとから　おれに押し寄せてくるのだろう
おれとしたことが　いったいどうしたことなんだ——

むかしのことなど　えゝい　どうにでもなりやがれ！
それにしても　めっきり寒い黄昏だあ
あたりがこんなに暗いのにつたの葉が　たまに
ぼーっと燐のような光を放ちながら散ってゆくなあ
あれは　どこか遠いところから光が漏れてきて
それが木の葉のひとひらに　しがみつきでもするからか
それとも　ただ　もう　葉が落ちながら
ふと　自ら光ってみてでもいるのだろうか

おゝ　左後肢がぐんぐん痺れてきやがることよ
おれの肢だかどうだか　もうさっぱりわかりゃしねえ

つまらぬもの想いはやめて
おれはそろそろ降りてゆこう
ぞっとするほど冷やっこい　真っ暗な穴ぐらのなかへ
強いられたながい眠りをむさぼりに
夢ひとつ見ることもない地底の邦へ
痺れた後肢をひきずって……

なんだか　もう今度の眠りからは
覚めることがないような気もするな
……おれとしたことが　ええい　なんていまいましい弱音を吐くのだ――
これじゃあまるで　おれの大嫌いだった
ジンバ沼の鮒《ふな》の野郎と同じじゃねえか

おゝ　おれが最期の刻まで　あくまで雄々しく
勇気に満ちてあるように
たとえ　復讐の時機を窺《うかが》うあのまっ赤な蛇めが襲ってきても
こんどこそ　沢地の沼にひきずりこんで
息の根をとめてやるのだ！

それはさておき　こいつぁひでえ空腹だあ
胃の腑のぐうぐう鳴る音が　背中のほうから聞こえてくらあ
せめてつたから落ちてくる兜虫でも待っているのだが
どうやら望みも皆目なしだ

さてさて　それじゃあ　おれさまは
ちと長過ぎる　地底の眠りにつくとしよう
しばらくは　真っ昼間でもうす暗がりのこの沢地ともお別れだ
葦間にぴらぴら揺れている蛭《ひる》たちともお別れだ

ゴンゲン杉から落ちしきる　雨だれのもの憂い音ともお去らばだ

ゲンゲ沢地よ――
おれにひとつの頼みがある
聞いてくれるか　万々一だが
このおれが　葦間の水が温《ぬる》んでも
ゴンゲン杉の根元から
腫《は》れぼったい不機嫌な目玉がついた
悪臭放ついぼいぼだらけのこの軀を
ついに匍いあがらせることがなかったら
ゴンゲン杉の根をとりいれたわが地底の棲家《すみか》から
骨太のおれの骸《むくろ》をひきずり出して
いつも淋しく飢えている蛭たちに投げ与えよ
しばらく季節が巡ったあとに　しらじらと残る

いかにも不様なおれの骨は
梅雨がじとじと降りやまぬ夜
ゴンゲン杉の下で燃やしてくれ
昼でさえ暗い沢地のしこった闇につつまれて
おれの骨は　あくまで冷たく燃えるだろう

　テンニ　トロトロ
　チニ　トロトロ

わが骨燃える　おぼろげな燐の光に　しばしほの明るむにせよ
　ゲンゲ沢地よ——
やりきれぬ暗さと淋しさ　それに
背筋がぞくぞくするような寒さに満ちて
いつまでも　ここにあれ！

春の葬送

埋火《うもれび》が　いつのまにか
消えてしまうように
私のうたも
とうの昔に消えてしまった

私の耳朶《じだ》をふるわせていた
あの哀切なエコーの響きも
私の胸に宿っていた
あのうぶ毛がそよぐミューズの裸身も

いまは　もう

遠い日の物語になってしまった
しかし　彼女たちの遺していった
愛の傷痕が　ときどき疼《うず》く

万が一　この傷痕に　ふたたび
角《つの》ぐむ※ものがあったとしても
私はそれを　そっと
鋭利な刃物で抉《えぐ》りとろう

そうして　いまの世には　すでに
きみたちの住む場処はないよ　と
やさしく告げてやりながら　それを
早春の冷たい土に葬り去ろう　深く——

（平成十五年三月　神奈川新聞）

※草木が芽をだすこと

訳詩片々

柏舟《ひのきのふね》――『詩経』

寄るべない私のように
柏の舟は　今宵《こよい》また
星の光を浴びながら
さまよい流れているのだろう

ああ　痛ましい想いばかりが胸に湧《わ》き
私は今夜も　寝つかれぬ
心の憂い消すために
酒におぼれて眠ろうか

月代《つきしろ》が

夜ごとに欠けてゆくように
私の心も　哀しみに
夜ごとにやつれ　凋《しぼ》みゆく

大空を翔《か》けゆく雁《かり》よ
やわらかな翼をひろげ
私のもとに舞い降りて
冷えた心をつつんでおくれ

〔一、二連〕

柏舟《はくしゅう》　詩経《しきょう》

汎波柏舟　亦汎其流
耿耿不寐　如有隠憂
微我無酒　以敖以遊

〔三、四連〕

資料紛失したが、これも同じ
詩経・柏舟のはず。
（なお詩経の編者は孔子である。）

わが柩《ひつぎ》を送る時の詩――陶淵明

生あるものには　かならず
黄泉路《よみじ》へ発つ日がやってくる
たとえ　夭折《わかじに》したとしても
運命《さだめ》が促《ちぢ》んだわけではない

前の夜一緒に飲んでた友と
夜明けにお去らばしたこともある
魂がまだ　どこへいったかわからぬうちに　このわしが
冷たい柩に　軀《み》を横たえる時がくると
幼な子は　わしに縋《すが》って哭《な》き叫び

朋友《ともたち》は　胸をさすって涙を流すことだろう
この世の細かな損得や　善し悪しなんぞ
そうなったら　もうどうでもいいこと

歳月が　千年も巡ったあとの
わしの名誉や恥辱など　知るものか
ただわしが何とも恨めしくてならぬのは　世にありし日々
酒がたらふく飲めなかったことよ――

挽歌詩《ばんかのし》　陶淵明《とうえんめい》

有生必有死　早終非命促
昨暮同為人　今旦在鬼録
魂気散何之　枯形寄空木
嬌児索父啼　良友撫我哭
得失不復知　是非安能覺

千秋萬歲後　誰知榮與辱
但恨在世時　飲酒不得足

促織《こおろぎ》——杜甫

促織よ
お前はちいさな虫なのに
その哀しい鳴き音《ね》は
私のこころを　かきみだす
草の根もとで鳴くかとおもえば
いつのまにやら　寝床の下で鳴きしきる
その声が聴こえてくると
長旅にやつれた　私の眼には
涙がにじんでならぬのだ

ましてや　夫に去られた妻たちは

お前の鳴き音が
耳につく季節がくると
寝返りばかりうつ夜を
迎えることになるのだろう

促織よ
どんなにたくみな　琴の音も
どんなにたくみな　笛の音も
ちいさな軀からもれてくる
お前の哀しい鳴き音ほど
私のこころをかきみだすことは
決してできないことだろう

促織《そくしょく》　杜甫

促織甚微細　哀音何動人

草根吟不穏　牀下意相親
久客得無涙　故妻難及晨
悲絲與急管　感激異天眞

崇義理《すうぎり》の滞雨《ながあめ》——李賀

※長安《ちょうあん》なんぞにやってきて
わが身の不運を託《かこ》つ※のは
いったいどこの何奴《なにやつ》だ
みじめ極まる旅人《たびにん》ぐらし
白髪《しらが》頭の夢をみて
若い盛りに忍び哭くのは何奴だ
痩せ馬にまぐさ食わせりゃ
降りやまぬ氷雨《ひさめ》の粒が
溝に寒ざむ落ちてゆく
古い簾《すだれ》のお役所からは
刻を知らせる水時計

雨をくぐって響いてくる
故里は千里も遠く
雲たれこめた地平の東
剣の小箱を枕にし
侘《わび》しい旅籠《はたご》の眠りに落ちりゃ
大名になる夢　哀《かな》し

※不平を言う

崇義理滞雨《すうぎりたいう》　李賀《りが》

落莫誰家子　来感長安秋
壮年抱羇恨　夢泣生白頭
痩馬秣敗草　雨沫飄寒溝
南宮古簾暗　湿景伝籤籌
家山遠千里　雲脚天東頭
憂眠枕剣匣　客帳夢封侯

葛《くず》を種《う》える詩篇——曹植

南の山の麓に　葛を植え
蔓《つる》の茂みが　淡い翳《かげ》りから
深い陰《かげ》へと変わるころ
髪を束《つか》ねて　わたしは
あなたと結ばれた

二人は身も心もひとつ　歓びは
褥《しとね》のうえで　夜ごと夜ごと
同じ掻巻《かいまき》に軀をつつみ
睦《むつ》みあうこと
ひそかに詩経《しきょう》も読みあった

あなたの　高い響きの瑟《おおごと》と
わたしの　低い調べの琴を
やさしく奏であううちに　やがて
かならず　至福の刻が訪れた

それなのに　いつしか
わたしが齢《よわい》を重ね
女の盛りが過ぎてゆくと
あなたの懐いは　いつのまにか
よそへ移っていってしまった
褥のうえの熱い契りも
永らく絶えて　わたしはずっと
深い憂いに沈んだまま

門を出て　行くあてもなく

北の林に迷いこむと
むこうには　頸《くび》を交える毛ものがいて
木の上には　軀を寄せあう鳥がいる
枝につかまり　溜息つけば
涙があふれて　襟を濡らす
この悲しみがわかるのか　馬もわたしに
頸をのばして　嘶《いなな》きかける

むかし　あなたとわたしは
同じ池に泳ぐ魚だったのに
今では　同じ夜空では逢うこともない
からすき星と　なかご星
長い歳月　二人は夜ごと
至福の刻を迎えていたのに
独り苦しむこのときを　わたしは

どうして耐えたらいいのか
天命にまかせるほかに
何の手立もないというのか――

種葛篇《しゅかつへん》　曹植《そうしょく》

種葛南山下　葛蔓自成陰
與君初婚時　結髪恩義深
歡愛在枕席　宿昔同衣衾
窃慕棠棣篇　好楽和瑟琴
行年將晩暮　佳人懐異心
恩紀曠不接　我情遂抑沈
出門当何顧　徘徊歩北林
下有交頸獣　仰見双棲禽
攀枝長嘆息　涙下沾羅衿
良馬知我悲　延頸対我吟

昔為同池魚　今為商與参
往古皆歓遇　我独困於今
棄置委天命　悠悠安可任

わが師に捧げる頌歌

わが師に捧げる頌歌《おまーじゅ》
——狂骨の詩人　金子光晴

あなたは巨《おお》きなひとだった　そのほかに
あなたを讃《たた》える　どんな言葉があるだろう
私はただ　あなたの巨きさを仰ぎ
この半世紀あまりを生きてきた

現実《うつつ》のあなたは　ちょっと早目に隠居した
どこか　田舎のじいさんふうで
髪はぼさぼさ　髭《ひげ》はぼうぼう
いつも着流しの小男だった

小難しい話なんかろくにせず　ばか噺《ばなし》
えろ噺ばかりして　笑わせていたが
あなたが遺《のこ》した詩や散文は　日本を愛し
あるときは　真正面から敵にまわす心意気を湛《たた》えている

あなたの人生は二歳の時　食いつめた無頼の実父大鹿和吉から
建築業清水組　名古屋支店長金子荘太郎の妻
十六歳の須美に　百円で売られたことから始まった
癇性《かんしょう》、我儘《わがまま》、派手好きな義母の玩具《おもちゃ》にされたのだ

あなたの義父は　色事に金を惜しまぬ通人《つうじん》だから
欲求不満が募ると義母は　目を吊りあげてあなたに叫ぶ
〝お前の親は鬼だ　僅《わず》か百円でわが子を売ったのよ〟
その後狂ったようにあなたを抱しめ　すすり泣いた※1

京都へ移って小学校の四年ごろ　遊び場の材木置場で
勝子という子に誘惑されて　大人を真似た桃色遊戯に精をだす
そうしてあなたは　快楽の追求とその裏腹の
罪悪感を　生涯背負って生きる身になる

中学の時　あなたは義母に犯される
並の人間なら　狂気に堕《お》ちたかもしれないが　休学までして
儒書《じゅしょ》、道書《どうしょ》、史記《しき》、江戸の草紙《そうし》などに没頭　気を紛らわせた
しかし義母との相姦《そうかん》は　蠱惑《こわく》の極みではなかったか

それがあなたを桁外《けたはず》れの男にしたのは当然で
〝人はみな、その頃の僕を狂人あつかいにした〟[※2]　と書き遺した
哲学者M・フーコーは　狂気の混ざらぬような偉大な精神は存在しない、[※3]　と言うが
これはあなたの真髄を　見事に突いた言葉だろう

昭和三年から七年まで　三十代の五年間　あなたは
ほかの男に寝盗《ねと》られた　好色な妻をとり戻そうと
金もないのにパリへ誘い　余技の絵を押し売りし　オカマ以外は何でもやって
中国からヨーロッパまでほっつきまわる　船旅をした※4

中国では半年ばかり上海《しゃんはい》、蘇州《そしゅう》、武昌《ぶしょう》、漢江《かんこう》を経巡《へめぐ》り
南洋ではシンガポール、ジャカルタ、スラバヤ、ジョホール
バトパハ、ペナン、クアラルンプールと　汗みどろで
余技の絵をここでも半年売り歩き　フランス行きの切符を買った

パリで妻は上肉《じょうにく》を惜しげもなく人にふりまき　貪欲《どんよく》に学ぶが
一年であなたは食いつめ　妻まで他人《ひと》に売り渡し
十年前　約二年世話になった　ブリュッセルの
イバン・ルパージュのもとに転がりこむ

ルパージュはあなたに　展覧会を開かせて
かなりの金を摑《つか》ませたのに
みるみる無一文になったから　ルパさんはあなたに
月の世界を歩く人※5という諢名《あだな》をつけたということだ

もう一度ルパさんの情けにすがり　日本に発ったが
あなたはまたも南洋で船を降り　目に灼きついた
〝血ボロをさげて〟日を送る　最低辺の人々の姿を
〝カレーやサッテを手づかみでむさぼり※6〟ながら詩に書いた

〝転々と売られて……どっちむいて生きてゆくのか
じぶんの方角すら皆目《かいもく》しらないオラン・チナの女たち〟
〝男とみれば誰にでも赤い舌をペロリと出し
大声をあげてわめきちらす……ヒンヅー種の莫連女《ばくれんおんな》※7〟

〝乞食になるか。匪《ひ》になるか。兵《ピン》になるか。さもなければ
餓死する※8〟ほかない　揚子江《ヤンツーキャン》沿いの流民たち
〝洗面器にまたがつて……漂客《ひょうかく》の眼の前で不浄《ふじょう》をきよめ
しやぼりしやぼりとさびしい音をたてて尿をする廣東《カントン》の女たち※9〟

六年ぶりに日本に辿りつくとあなたは　新宿の
連れこみ宿で妻と離れてくすぶりながら　書き継いだ
それらはみな　この国には類《たぐい》まれな
戦《いくさ》に突き進む日本に　命をかけて突きつけた刃《やいば》だった

一億一心というコピーが流行《はや》る　ご時世《じせい》に
一億二心を掲げるあなたに　ほれこむ人も現れて
「泡」「鮫」「蚊」「エルエルフェルトの首」「燈台」など
叛逆の詩群は徐々に　日本に根を張り始める

「蛟」は御時勢《ごじせい》に抗《あらが》うものだと　内務省警保局に睨《にら》まれ
厳しく咎《とが》められるが　一億二心を貫くあなたは
「どぶ」「おっとせい」「絞」などを世に問い　ついに
昭和十二年　真正面から日本に盾突く詩集『鮫』を出す

その後もあなたは「洗面器」「落下傘」「ニッパ椰子の唄」ほかを発表
昭和十七年の「海」以後は　載せる雑誌もなくなったが
『中央公論』誌のあなたの担当・畑中繁雄は
十九年特高《とっこう》警察に逮捕され拷問《ごうもん》された（辛くも死は免れたが）[※10]

こんなあなたの反戦、反権力、反天王の抵抗も空しく
日本は世界の国々を敵に回す大戦《おおいくさ》になだれこみ
三百万もの人が死に　国じゅうが火の海となった
天皇さまの一声で昭和二十年夏　戦がやっと負けて終わると

肩組《スクラム》んで立ちちあがった　二十五前後の若者たちが
占領軍が押しつけた民主主義体制の下で　特攻隊のように勇壮無比だが
舌足らずな反戦詩を書き始めると　新聞雑誌も拍手喝采
日本の詩壇は　みるみる彼らを教祖と仰ぐようになる

彼らが拠《よ》った雑誌など　まったく無視したあなたは
南洋や連れこみ宿や疎開先で書きためた『落下傘』『蛾』
『女たちへのエレジー』などの詩集を出し終わると
さっさとジャーナリズムから遠ざかった

〝みんなアメリカ人にでもなってしまいそうな〟※11
そんな日本に背を向けて　詩集『非情』に　あなたはひっそり書きとめる
〝どうふりむいても、ゆすってみても、この時代が僕にしつくりしない。
僕が生きてゐることが、なんと僕から遠いことか。〟

〝安ペンキの西洋みたいに〟[※12] なったこの国に絶望したあなたは
虚《うつ》ろな心に散りかかる花びらを　こんな言葉でつまみとる
〝水のうへをゆく心に、さあ／きいてみるがいい。
つゆほどの反逆がのこつてゐるかと〟[※13]。

そうしてあなたは帰ってゆく　青春の日々から
一切を投げ捨ててむき合ってきた　女たちのもとへ
〝性器と性器の接触のほかに、天地の無窮《むきゅう》に
寄りつけるものは、なにもない〟[※14] からだった

こんな信条が見事な実を結んだのが　七十四歳で出した
詩集『愛情69』ではなかったか　しかし
そんな詩を紡ぐあなたの指先は同時に　死ぬまで
女人《にょにん》の軀を念入りに愛撫する指先でもあったのだ

〝必死に抱きあつたまゝのふたりが
うへになり、したになり、ころがつて
はてしもしらず辷《すべ》りこんでいつた傾斜を、そのゆくはてを
落毛が、はなれて眺めてゐた……

落毛よ、君からぬけ落ちたばかりに
君の人生よりも、はるばるとあとまで生きながらへるであらう。それは
しをりにはさんで、僕が忘れたままの
黙示録のなかごろの頁のかげに。※15〟

こんな詩行を連ねるあなたは　すでに
二十八歳で出した処女詩集『こがね蟲』に書き遺していた
〝恋の風流こそ優しけれ
恋の堕獄こそ愛《め》でたけれ※16〟

これら恋と性への憧れと異常なまでの執着は　若い時からの
数多《あまた》の女人遍歴と　二十五歳から二年ほど
ルパージュの庇護《ひご》の下　ブリュッセルで過ごした日々に
仏蘭西《ふらんす》詩群、特にボードレールを貪《むさぼ》り読んだためだったろう

八十年のあなたの生涯は　貧乏でも　最期まで
恋と詩に彩られ　貫かれた生涯だった
味の素《もと》さえたっぷりかけりゃ　うどんはうまくなるんだよと笑ってた
　あなたも
晩年の五年あまりは恵まれて　傍で見ててもほっとした

四十歳ごろ「旧友片岡鉄兵の死に」[※17] という詩篇の前説《まえせつ》に
あなたは　杜甫の詩を掲げて友を悼んだ
〃一代風流尽《いちだいふうりゅうつき》　修文地下深《ぶんをおさめてちかふかし》
斯人不重見《しじんかさねてみず》　将老失知音《まさにおいんとしてちいんをしっす》〃

〝風流と雅《みやび》を尽くした詩文を遺し
地下深く眠るあなたに　二度とは逢えぬ
友よあなたに先立たれ　老い先短い私は　今後
一体どうして　毎日を過ごせばいいのか〟

私にはこんな拙《つたな》い訳しかできないが　杜甫はこの詩を
万感の想いをこめて　友の墓前に捧げたはずだ
だが光晴よ　これはあなたを悼む詩としても　きっと
もっともふさわしいものだったろう

杜甫という詩人は　盛唐《せいとう》の世に生を享《う》け
四十代半ばに帝《てい》・玄宗《げんそう》の怠惰から　世が戦乱の巷《ちまた》と化すと
襤褸《ぼろ》をまとい団栗《どんぐり》喰《く》らって国じゅうをさまよいながら　筆一本で
人間を悲惨極まる生きざま死にざまに追いこむ権力者どもに牙を剥《む》いた

〝高貴の家には　酒も肉も腐りかけているのに
路には　凍え死んだ人々の骨がころがっている[※18]〟
〝積み重なった屍《しかばね》で　草や木も生臭く
川も荒野も流れでた血で　真赤に染まっている[※19]〟

杜甫はまた　ぼろ屋根を漏る雨だれで
眠れぬ夜を過ごしたあと　夢みるように詠《うた》うのだ
〝ああ　何とかして　雨にも風にもびくともせぬ
どでかい家を手に入れて　世にあふれる

貧乏人を棲まわせて　一緒に笑って暮らしたい
いつの日か　目の前に　でんとそびえ立つ
そんな家が現れたなら　こんなおんぼろ住まいなど
どこかへ吹っ飛び　私など凍え死んでも満足だよ[※20]〟と

杜甫の名は生前　親友の李白たちの前でかすんでいたが
百年ほどの時が巡ると　その無類の誠実さと
皇帝にも真向から盾を突く　千数百の詩群の重みで
今日まで　支那随一の詩人と讃えられている

光晴よ　中学時代にあなたは漢学にのめりこみ
儒徒《じゆと》として　論語《ろんご》、書経《しよきよう》、左伝《さでん》、史記《しき》、淮南子《えなんじ》などを読み漁《あさ》る
それから一転　老子《ろうし》、荘子《そうじ》、列子《れっし》　江戸の草紙《そうし》などに傾倒
一方で詩経《しきよう》、屈原《くつげん》、曹植《そうしよく》、陶淵明《とうえんめい》、杜甫、唐詩選、その他の漢詩も読み耽《ふけ》った

あなたの詩語の　胸を潤すやさしさと
わが国に類まれな　権力に盾突き通す叛骨は
屈原、司馬遷《しばせん》、わけても杜甫の影響を受けたものだと　私は想う
次のような詩連は　それを物語るものだろう

〝からだをうつていきるやうになつた女の
……よごれた化粧のあかが、日夜、どぶにながれこんだ。
どぶには、猫の死骸や、吐瀉物《としやぶつ》や、でろでろに正体のないものが、
やみのそこのそこをくぐつては、うかびあがつて、くさい噯気《おくび》をした……

嗚咽《おえつ》する女をねかせたまゝ、……たちまち子宮のおくに……
兇器がおしこまれ、こどものひわひわした頭盧《とうろ》……
しあわせをはさんでくつしやりとつぶした……
女は、わがみをいき剥《は》ぎにされるような……わが悲鳴をきいた〟※21

あなたと杜甫の　人間の裸の姿をじっと見据える眼の鋭さと
見据えた人間に注ぐ　溢《あふ》れるようなやさしさは
私には　少しも変わっていないように見えるのだが
読者の皆様も　とっくりとお確かめくださいませんか

二十代から五十九の時　屈原が憤死した汨羅《べきら》に近い河に浮かべた小舟で
　死ぬまで
数年を除けば　苦難の旅に生きた杜甫の姿と
生涯のかなりの時を　放浪と食い扶持《ぶち》にもならぬ詩に費やして
悔やまなかったあなたの姿が　私にはダブッて見えてならぬのだ

明治時代を十六年　大正を十四年　そうして昭和を五十年と
狂瀾怒濤《きょうらんどとう》の世と生を思うがままに風流に生き抜いたあなたは　六月三十日《みなづきみそか》
〝ちょっとおかしいな〟と呟いたきり
す速く　この世に別れを告げた

光晴よ　私はあなたを讃えるほか能がない男だが
あなたの通夜の夜　今は亡き桜井滋人と新谷行の二人の友と　したたかに

呑んで別れたそのあとで　耳朶《じだ》にふっと　九十歳で逝った　今では世界の巨星
画狂・北斎の辞世の一句が谺《こだま》したのを　今でも　忘れることができないでいる

人魂でゆく気散じや　夏の原

※1　桜井滋人『風狂の人金子光晴』
※2『詩人　金子光晴自伝』
※3『狂気の歴史』
※4 金子光晴自伝小説『どくろ杯』『ねむれ巴里』『西ひがし』、語りおろし、桜井滋人聞き書き『人非人伝』『衆妙の門』『金花黒薔薇艸紙』、拙著『狂骨の詩人金子光晴』
※5 たぶんLunatiqueとでもいったのだろう。これは変人、狂人、奇人を意味するフランス語である。
※6『詩人　金子光晴自伝』
※7「女たちへのエレジー」
※8「泡」
※9「洗面器」

※10 原満三寿『評伝金子光晴』

※11「コスモス雑記」

※12 以上「洞窟」

※13「葦」

※14「IL」

※15「愛情69」

※16「金亀子」

※17『女たちへのエレジー』

※18 …朱門酒肉臭　路有凍死骨「奉先県に赴くときの詠懐」

※19 …積屍草木臭　流血川原丹「垂老の別れ」

※20 安得広厦千万間
　大庇天下寒士倶歓顔
　風雨不動安如山
　嗚呼何時眼前突兀見此屋
　吾盧破受凍死亦足
　「茅屋風雨の破るところとなる歌」

※21「どぶ」一部省略した。

エピローグ

エピローグ

蚊に吸われた血が
二度とかえってこないように
一冊の詩集に吸いとられた私の血は
ふたたびかえってはこないのか

すっかり熱気をうしなった
ほの白い　秋の光が
弱った蝿をとまらせ
血の気の退《ひ》いた　私の腕を照らしている

うすよごれた私の血よ

もう　いっそのこと　澄みわたれ
疲れの澱《よど》んだ臙脂《えんじ》いろを棄てて
澄みわたれ　秋の空のように

そうして　私の詩よ　蘇れ※！
（たとえ　この軀《み》は喪びようと）
どんなに凩《こがらし》が吹こうとうしなわれない　秋空の
澄んだコバルト・ブルーの血に染まって――

※黄泉《よみ》がえり、の意を秘めて。

遺言状代わりのあとがき

満身創痍《そうい》、鉛のように重い肢を抱え、ひと月後の朝陽を仰ぐことも定かとはいえぬ、老残の身をさらす私が、新しい詩集を出すことになった。喪服を着せた、この『わが遺言詩集』である。昭和四十五年刊の第一詩集『ゲンゲ沢地の歌』に続く第二詩集『毛』を五十年に出して以来のことだから、四十二年ぶりになる。（平成二十五年、この二詩集から二十数篇の詩を抽き、私の立場を記したエッセイをつけた『竹川弘太郎詩集』（土曜美術社）を出したが、これは新詩集とはいえない。）

今の私の想いを、遺言状代わりに、二、三書きつけておきます。

私が詩を読み始めたのは、日本が、先の戦争で無残な敗北をした、昭和二十年ごろからである。生まれ育ったのは、『古事記』にも名を残す、信州諏訪湖畔の田舎街岡谷だった。

十四歳上の私の兄は、国文学者、民俗学者、そして詩・歌人としても名高い、折口信夫の教えを受けた身で、戦時中学徒動員されたが、幸いにも結核を病んで、生きて帰った。兄は少年の私に、『古事記』『万葉集』『伊勢物語』、在原業平、和泉式部、西行、『雨月物語』、芭蕉、一茶、蕪村など古典のすばらしさを吹きこんだ。日本の詩歌に魅せられた私は、空きっ腹を抱えて、引き続き島崎藤村、佐藤春夫、中原中也、中野重治、與謝野晶子、石川啄木、折口信夫などを読み耽るようになった。高校二、三年ごろからは、神職にあった父親の導きで、『詩経』、杜甫、李白、李賀、陶淵明、曹植、『唐詩選』などの漢詩や、『論語』、反逆の史書『史記』などに親しんだ。

なかでももっとも私の胸をうったのは、相聞歌《そうもんか》、挽歌《ばんか》、東歌《あずまうた》、防人《さきもり》の歌、乞食人《ほかいびと》の詠《うた》、嗤笑歌《ししょううか》を含む、天皇から東西の果ての民の、歌垣の歌、民謡、宴会歌、演歌、性歌、出征兵士の厭戦歌まで、四千五百もの長歌、短歌を収集した『万葉集』である。たとえば、こんな歌。

石激《いはばし》る垂水《たるみ》の上のさ蕨《わらび》の
萌《も》え出《い》づる春になりにけるかも（志貴皇子《しきのみこ》）
旅人の宿りせむ野に霜降らば
我子羽ぐくめ天の鶴群《たづむら》（遣唐使随員の母）
子持山若楓《こもちやまわかかえるで》のもみつまで
寝もと我《わ》は思《も》ふ汝《な》はあどか思《も》ふ（東歌）
夕月夜《ゆうづくよ》心もしのに白露《しらつゆ》の

置くこの庭に蟋蟀《こほろぎ》鳴くも（湯原王《ゆはらのおおきみ》）

正岡子規や斎藤茂吉など、多くの人が万葉を論じたが、彼らは皆写生、素朴を重んじた。これに対し折口信夫は、昭和の初めの『古代研究』で、歌の発生を呪言や叙事詩などの神言《かみごと》から説き起こし、柿本人麻呂、武市黒人、山部赤人などを経て、大伴家持ら知識人の悲歌に至るまでを、的確に指摘してゆく。

折口は少年時代にはすでに、『万葉集略解』『伊勢物語』『雨月物語』などを耽読、万葉歌すべてを暗唱した万葉学者だった。國学院大学を卒業、三十歳無職の身で、日本初、関西弁まじりの『口訳万葉集』を三か月で成しとげた男だ。私は折口によって、万葉とその後の日本の詩の流れを摑むことができたように思う。

昭和二十八年私は、大学入学のために東京に出て、詩が好きな友二人と出会った。桜井滋人と新谷行である。二人は『荒地』『列島』など、いわゆる戦後詩、現代詩の心酔者で、当時の詩をまったく知らぬ私に、それらの詩誌を押しつけた。万葉以降、佐藤春夫、中原中也あたりの詩に魅せられていた私は、二人が推す詩群の言葉の荒っぽさと生硬さに非常な違和感を覚え、文句をつけた。だが二人は、それらの詩人の反戦、反体制詩を熱烈に支持、それまでの詩人たちすべては、戦争協力の責任をとるべきだと息まいた。
私は二人に、万葉の防人《さきもり》の歌をあげてみせた。

からころむ裾《すそ》に取りつき泣く子らを
置きてぞ來《き》のや母なしにして

これは、日本防衛のため、信州の僻地から遠く九州まで駆りだされた百姓の歌だ。妻にも死なれ、まとわりつく子らを見捨てて出征した男の歌は、「荒地」派より、遥かに戦争の悲惨さを訴えているではないか、と私は言った。二人は、ダメだ、ハッキリと戦争に抗議せねばダメだと、食ってかかる。私は、彼らの詩は、憤りだけで説得力がない。戦時中にもてはやされた特攻隊のように、勇ましい姿勢だけで喝采を浴びている根なし草だ、と反論した。反戦、反体制というなら、歌謡曲の詩のほうが、はるかにその役割を果たしているではないか。「荒地」派などのワケも分からぬ詩より、誰にもよく分かる五・七調でそれをやっていると、「荒地」スタートの昭和二十二年発売の「星の流れに」を大声で唄ってみせた。「星の流れに身を占って／どこをねぐらの今日の宿／荒む心でいるのじゃないが／泣けて涙も涸れ果てた／こんな女に誰がした」次いで私は「夜のプラットホーム」を唄い、詩人清水みのる、奥野椰子夫の名をあげた。しかし二人は、あんなもの銭儲けでやってるだけだと、鼻で嗤《わら》うばかりだった。私は啞然《あぜん》とした。（私は、歌謡曲の詩を高く評価する者だ。）

だが、そんな潮流は、なんと、今日まで及んでいるらしいのである。私が購読する朝日新聞は昨年八月、一頁全部を使って「死の記憶刻む戦後詩」という特集を組んだ。「詩誌『荒地』と『荒地詩集』は戦後詩の中心的舞台となった」「戦後詩とは……感性が覆された敗戦と死に覆れた戦争。それらの記憶を新しい表現で結晶させた詩」の二文を掲げ、その開拓者として、鮎川信夫、田村隆一、吉本隆明、石原吉郎の四者をあげる。そして、四人の代表作の二、三行ずつを、極太の活字で組んだ。鮎川を除く三人の作を見てみよう。

田村のものは『四千の日と夜』からの抜粋。

空から小鳥が墜ちてくる／誰もいない所で射殺された一羽の小鳥のために／野はある

吉本のものは「審判」から。

苛酷がきざみこまれた路のうへに／九月の病んだ太陽がうつる

石原のものは「脱走」から。

まだらな犬を打ちすえるように／われらは怒りを打ちすえる

私は三人の二十代の詩人たちに、無残な戦争体験を強いた、日本の体制を憤る気持は理解できる。しかし、言葉を吐瀉物《としゃぶつ》のように連ねてゆく彼らの姿勢は、どうしても納得できない。田村の言葉の、これみよがしの飛躍に、私はどうにもついてゆけない。吉本の〝苛酷が刻みこまれた路にうつる太陽〟とは、一体何のことか⁉ 石原は、何故まだらな犬を打ちすえるのか。そして、怒りとは、一体打ちすえられるものなんだろうか？ 私の目に、彼らは、万葉以来日本の詩人たちが行ってきた、訴えたいことを、できるだけ平明な言葉と韻律で書き連ねる努力を怠っているとしか想えないのだが、どんなものだろう。

朝日紙の特集は、彼らの仕事を讃える蜂飼耳、野村喜和夫、荒川洋治の言葉を並べている。野村の田村隆一論は次の通りである。「言葉がそのまま思想となり、思想がそのまま言葉となっている。戦争という巨大な殺人行為を経験した詩人は、殺人もする覚悟で言葉を発した。その結果、戦前の花鳥諷詠《かちょうふうえい》や日本的叙情の詩に一線を画す、新しい表現が生まれた」

野村の言葉は、ある意味では正しいかもしれない。〝殺人もする覚悟で〟発せられた言葉は、戦前どころか、万葉以来の詩の流れのすべてを否定、破壊した。ということは、彼らは、戦後詩という詩の創始者、言葉を代えれば教祖の位置についたということなのだろうか。だが果たして、彼らがもたらしたものは、本当に新しい表現といえるものだったのか。（彼らは、反戦、反体制詩の先達、明治以降の與謝野晶子、石川啄木、昭和の小熊秀雄、中野重治たちの存在も認めないようだ。）

野村たちの戦後詩擁護論が正しいならば、詩は、もっと栄えていなくてはならないはずだろう。ところが、昨年九月の「週刊文春」のエッセイで、作家の池澤夏樹は、現代詩支持を表明する一方、こう書く。「平安時代に比べ、あるいは江戸時代と比べても、今の文芸で詩の位置は低い。（中略）現代詩のページは新聞にはない。文芸誌にもほとんどない。」と。

どうやら戦後に登場し、以後約七十年間詩壇の主流になっているらしい戦後詩、現代詩は、文芸誌にも相手にされぬほど一般の読者を失い、僅かな贔屓《ひいき》筋に支えられるだけの存在になっているようだ。一体何故か。私には、「荒地」などに始まる、いわゆる戦後詩七十年の流れだけをよしとし続けてきた、朝日紙を含む詩のジャーナリズムが、詩の衰退をもたらしたのではないかとおもえてならないのである。

私は、戦後詩の研究者ではないし、ろくすっぽ読んでもいない。ただ直観に頼って書いているが、私は、あと半世紀ほどのうちに、私の直観が間違いではなかったことがはっきりする、と確信している。

折口信夫は、昭和四年以後刊の『古代研究』に書いた。

「心身ともに、あらゆる制約で縛られている人間の、せめて一歩でも寛《くつろ》ぎたい、一あがきのゆとりでも開きたい、という解脱に対する惝怳《しょうこう》が、芸術の動機の一つ」である、と。

折口は、芸術のなかで中核に位置する詩の、大きな役割のひとつが、人に安らぎを与えること、つまり鎮魂だというのであろう。そうして、そのために詩人は、聴覚、つまり日本語の韻律《リズム》を大切にしてゆかねばならない、と説く。詩はほかにも、『万葉集』のように体制擁護、社会批判、恋人たちの想いの贈答、民謡、宴会歌等々、多くの役割を担っていようが、いずれの場合でも詩人たちは、これも万葉歌のように、読み手の心を、平明な言葉とリズムで癒す努力を怠ってはならないだろう。折口がいうように、どんな詩も奥底には、鎮魂の想いを秘めているべきだと、私は考える。今どきの詩人たちは、折口の論にしっかりと耳を傾けるべきだろう。

万葉、古今、新古今集等々に名を残す人々、そして近代でも、「秋刀魚《さんま》の歌」の佐藤春夫、「しらなみ」「雨の降る品川駅」の中野重治、「雪の賦」「冬の長門峡」の中原中也などは、見事な鎮魂歌を残した詩人だと思う。しかし、朝日紙や今どきの詩誌が推し、またそれらで活躍する詩人たちは、こんな役割を果たしているだろうか。私は、首をひねらずにはいられないのである。

私は昭和二十九年、神田の古本屋で、創元社刊の『金子光晴詩集』を買った。処女詩集『こがね蟲』から、昭和十三年刊の『鮫』や『女たちへのエレジー』を含む、敗戦までに書かれた詩のすべてを収めたこの詩集に、私は衝撃を受けた。同じ反戦、反体制詩でも、金子のものは、「荒地」派などとは違い、実に穏やかな日本語で書かれている。「洗面器のなかの／さびしい音よ。」と始まる、前説《まえせつ》と、わずか十二行の詩行からなる「洗面器」は南洋や支那の、強国に虐げられた最底辺の人々との連帯感を滲ませながら、読者の心にしみ透る鎮魂歌の風韻も湛えているではないか。

金子について私は、この詩集に収めたバラード「わが師に捧げる頌歌」にも書き、八年前にはエッセイ『狂骨の詩人　金子光晴』（現代書館）も出したから、詳しいことはそれらに譲る。

ただ、金子と「荒地」以後の詩の違いについて、一言つけ加えておきたい。金子は、昭和三年三十三歳からの五年間、半分は余技の絵を売り歩くなどして命を繋ぎ、半分はオカマ以外は何でもやりながら、強国の横暴に喘ぐ上海、香港、南洋各地、そしてパリやブリュッセルを、船や列車でほっつきまわる。大正五年二十五歳からの初めての洋行を加えると、外国放浪は七年に達する。どんな詩人たちより広い、世界的視野の持主になったといえよう。金子の五年の旅がどんなものだったか。自伝小説『どくろ杯』（中央文庫）などをお読みいただければ、否応なくご納得いただけるはずだ。金子はその間眼に灼きついた、あるいは戦争に駆りだされ、あるいは血ボロをさげて日々を送る底辺の人々の姿を、平明な言葉で克明に写しとった。日本に帰ると、戦争に突き進む祖国に、ただ一人、命を賭けて、発表の場がなくなるまで、反戦、叛逆の詩を突きつけ続ける。それに対し「荒地」などの詩人たちは、昭和二十年の敗戦後、マッカーサーが押しつけた民主主義に守られながら、戦時体験の忿怒《ふんぬ》を〝殺人もする覚悟で〟書いたという。その姿勢と詩語の生硬さにもかかわらず、いや、逆にその故にか？　先の朝日紙で見るように、今日まで賞讃され続けている。だが、金子が遺した詩や散文と、一体、どちらがあなたの心に響くか、じっくりと読み較べていただきたいと、私は願う。金子の散文の見事さに、今どきの作家たちはもっと注目すべきだと、私は思う。

やがて金子の家に出入りするようになった私は、その跋をもらった前記二詩集を出した。（このころには、学生時代からの詩友桜井滋人、新谷行も、とうに「荒地」などの詩人と訣別、光晴門下生になっていた。桜井は、金子からの聞き書き『人非人伝』ほかにより、晩年の金子人気の火つけ役を果たし、金子が絶讃した詩集『人情ばなし』を遺した。新谷は、金子を継ぐ反権力詩人として、評論『アイヌ民族抵抗史』により、アイヌ民族復権の創唱者となり、革命詩『ノッカマプの丘に火燃えよ』を遺して四十七歳で急逝した。）私は、師金子光晴、作家吉行淳之介、評論家小川和佑、詩人嶋岡晨などの励ましもあり、それなりに発表の場も与えられたが、いわゆる戦後詩人からは無視された。私のすべてをご覧いただくため、この詩集に、二詩集から拾遺詩篇として、若干の詩を抽いておいた。お読みいただければありがたい。ただ、二十年余詩にいれあげた私の詩嚢は、師金子の死とともに涸れ果てたのか、以後三十年間一行の詩も書けなかった。（だが、埋み火でも残っていたのか、平成十五年神奈川新聞から求められ、私の詩への挽歌、本集に収めた二十行の「春の葬送」を書いた。）

詩をやめた私は、小説に想いを託そうと『始皇帝暗殺　小説壮士荊軻伝《しょうせつそうしけいかでん》』（世界文化社）『孔子　漂泊の哲人』（海竜社）などを出した。

だが昨秋、畏友鳥居哲男の勧めに従い、「裸木」三十八号掲載の、現代詩を主対象にした七十枚のエッセイ「独鶴であれ　昏鴉《こんあ》になるなかれ——詩に志すあなたへのわが遺言」を書き進めるうち、消えたはずの詩への想いが燻《くすぶ》りだし、「命の終わりに」を書いた。そしてこの八月までに、「わが師に捧げる頌歌」十八枚など七、八篇が生まれた。

それにつられて、いつも枕元に転がしてボロボロになっている、支那の詩人たちの集『詩経』、陶淵明、曹植、杜甫、李賀らの私流の訳詩も試みたくなった。若いころ親しんだ佐藤春夫の『車塵集』の名訳が、私を誘惑したのだ。ここに五篇収めることにした。これらの詩人たちは、一人として、その時代までの詩の流れを学ばずに詩を書く者はいなかった。二十七歳で夭折した鬼才李賀でさえも——。

私はこの集に『わが遺言詩集』と名づけた。昔読み耽った〝去年《こぞ》の雪いまいづこ〟の一行で名高い、フランソワ・ヴィヨンの『ヴィヨン遺言詩集』の書名を盗んだのだ。

フランス詩史に燦然《さんぜん》とした名を刻むヴィヨンは、また強盗、強姦、殺人、飲酒中毒などの犯罪者で、狂人、女狂いとしても知られる。その代表作が、死刑囚としてマン監獄のなかで書き継いだ『ヴィヨン遺言詩集』である。花田清輝は、先の大戦中の反戦エッセイ『復興期の精神』の「楕円幻想——ヴィヨン」に、世界の文学者で、もっとも敬虔《けいけん》で、同時にもっとも猥雑な芸術家像を示したのは、ヴィヨンが初めてだと記した。こんなヴィヨンにちょっぴりでもあやかれたらと想ったのだが、さすがにそのまま盗むのは憚られた。そこで〝わが〟の二文字をつけ加えて、こ丶そ丶泥丶するにとどめた次第。ヴィヨンよ、われを許し賜え——。

なお、死刑こそ免れたものの、戦時の日本で断固反戦、反体制詩人を貫き、また、『狂雲集』を遺した狂僧一休宗純同様、八十年の生涯の最期まで愛と性の追求者であり、さらに、少年時から寄席に通いつめ、江戸の黄表紙など数百巻に通暁した風流人でもあった金子光晴は、日本ではもちろん、世界でも稀有《けう》な、後れてきたヴィヨンと言い得る芸術家だったと、私は想う。その蛸踊《たこおど》りは、抱腹絶倒の芸だった。金子家に十四年出入りすることを許された私はしあわせ者だったと、つくづくと思う。

駄文の終わりに、私はもう一度、こんな詩集を残す勇気と編集上の貴重な助言の数々を授けてくれた畏友、鳥居哲男の長年の励ましと心遣いに、心から謝意を表する。鳥居には小説『倍尺浮浪』、『ラ・クンパルシータ』、『エル・アマネセール』、評伝『清らの人——折口信夫・釈迢空』、『風と光と波の幻想——アミターバ坂口安吾』などの傑作がある。わが義兄弟ともいうべき、博学で頼りになる文人である。跋を快諾してもらったことにも、厚く礼を言わせてもらおう。もうひとり、これも昔からの詩友鈴木勝好にも拙稿を提示、叱正を乞うたところ、いくつもの示教を得た。私は、その市井の隠士の風貌を敬愛している。カッチャン、ありがとう。

また、陰に陽に私を支え続けてくれる、詩魂の持主堀木正路、金子秀夫、暮尾淳、原満三寿、澤田一矢、桜井道子、小川直邦、下村俊文、下村のぶ子、浜佳和、星雅彦その他の師友にも心から謝意を表する。常世《とこよ》の国で私を待つ、師・金子光晴、吉行淳之介、小川和佑、小口信吉、福田博郎、猪又良、友・天彦五男、桜井滋人、松浦勝久、新谷行などには、近々直に献盃、ご挨拶申し上げるつもりだ。

題名でもお察しの通り、私の命は遠からず尽きる。ここで、巻頭に、私の心にいつも火を点し続けてくれた万葉の詩人たちの一人山部赤人の歌と、『古事記』に遺された、与えられた使命のすべてを果たした倭建《やまとたける》が、故里の倭への道半ば、頽《くずお》れた軀を起こし、倭びとの平安を祈って詠んだ辞世の絶唱を掲げさせてもらった、拙い詩集の幕をおろさせていただくことにする。

最後にもう一言。文芸誌にも見捨てられた今どきの日本の詩よ、蘇れ！　万葉以降、生き代わり死に代わりして詠い継がれてきた、無数の詩人たちの歌声に、素直に耳傾けて——。

私は、この雑駁《ざっぱく》なあとがきを、誰にも気兼ねせず、想いのままに書いてきた。戦後詩人や現代詩人、あるいはその支援者の面々は、おそらくここまで読むこともなく、この集をくず籠に放り込んだことだろう。それはもとより、覚悟のうえだ。

ただ、拙詩、拙文の、せめて志にでも共感してくださるお方がおられるならば、望外のしあわせだと思う。そんな方々に私は、申しあげたい。

心から感謝いたします。では、ご機嫌よう、と。

（なお、集中すべての敬称を略させていただいた。お許しくださいませ。）

平成二十九年重陽

竹川弘太郎

跋　凝視と純情のドラマ
――「わが遺言詩集」に寄せて――

鳥居哲男

たとえば、普通、人は空気や水に対して、それほど重要な関心を示さない。豊饒に満ち足りているものには、ありがたみを感じないのが人間という〃存在〃である。それが希薄になるとぎゃあぎゃあと騒ぐ。それが人間の〃現実〃というものだろう。真の詩人は豊饒に満ち溢れているものに対して、常に優しい視線を投げかけ、めいっぱい享受し、愛の歌を歌う〃存在〃である。そして豊饒なものが希薄になっても騒いだりはしない。ひたすら苦しい〃現実〃を凝視して歌い続ける。このことを気づかせられたのは、畏兄・竹川弘太郎の第二詩集「毛」を読ませてもらった時からだろう。

以来、私は竹川弘太郎のファンになった。順序は逆になるが、第一歌集「ゲンゲ沢地の歌」も読ませていただいて、ファンなどという軽薄なものではなく、心酔するまでに至ったとき、彼は突如「春の葬送」を発表し〃詩〃と訣別する。現代詩の不毛、特に戦後詩と呼ばれるものとメディアへの絶望と怒り。それが真の詩人にとって許すことが出来なかったに違いない。以後、私には読むべき詩がなくなった。早く〃封印〃を解いてくれと懇請しても、頑なに沈黙を続けるばかりである。わずかに同人誌仲間数人の詩に慰められながら、私はさらに意地悪く乱暴に説得し続ける道を選んだ。この不毛の〃現実〃こそ、凝視して歌い続けるのが本当の真の詩人ではあるまいか、と。そして幾星霜――。竹川弘太郎はようやく昨年、封印を解き、我が同人誌「裸木」に「命の終わりに」を発表してくれたのである。

だから私にとって、この四十二年ぶりに上梓される第三詩集『わが遺言詩集』は、題名とは裏腹の〝蘇生詩集〟であり、竹川弘太郎という真の詩人の〝復活〟に他ならない。

「裸木」の同人に迎えてからの交流は、談論風発、軽妙洒脱、博覧強記。常に私ははしゃぎたくなるような気持で彼を仰ぎ見ていた。発表する作品は小説とエッセイに限られ、詩は封印されたままである。しかし「蟋蟀の里」「子貢の末裔」など、中国の古典に材を取った小説群は素晴らしく、毎回、同人たちの絶賛を浴びていた。私は詩を書いてほしかったのだが、その小さな私の不満を補って余りある存在だったのである。そして、詩を書かなくても、彼は常に真剣に〝詩〟について語った。そのエッセンスとでもいうべきものが、この詩集の「あとがき」に詳しく述べられているので、詩作品と共に詩を志す人は心して読んでほしいと思う。

竹川弘太郎の詩は、実に広範囲の領域で人間の存在を多面的に〝凝視〟する。そこから生まれるものは、単なる抒情だけではない。悠久の天地・自然、有限の命、美と醜、善と悪、すべてに目配りがなされ、人間の存在そのものに対峙する。だからといって、深刻に考えすぎると、また一挙に私の一番好きな詩「毛」のように〝プラトニックラブ〟を〝ヘアートニックラブ〟とまぜっかえす〝滑稽〟への道に誘うのだ。ここにこそ、竹川弘太郎の真骨頂がある。そこから生まれる〝混濁〟をさらにまた凝視する。そして、ここに多彩で独特の抒情と一筋縄ではいかない存在に対する〝純情〟のドラマが花開く。もう一つ、忘れてはならない深淵は、彼のルーツに思いを馳せることだろう。彼の生誕地・信州岡谷に接する下諏訪町に竹川弘太郎の本名である「武居」と呼ばれる地域がある。諏訪大社の大祝を務めた遠祖を考えれば、必然的に須佐之男命から祭神・大国主命の次男、建御名方神が思い浮かぶ。出雲の国譲りの争いに敗れ逃れた神々の諏訪は〝怨み〟の湖のほとりだった。竹川弘太郎の詩の底に色濃くルサンチマンに似た色調があるのは、むしろ当然と言わなくてはなるまい。しかし、彼はその〝怨み〟をも凝視し、昇華させ続ける——。

金子光晴は竹川弘太郎の第二詩集「毛」に次のような跋文を寄せた。
「この特異の詩と、その形式は、詩を書くものになにかをおしえるだろう。それが、詩のキメを細かくし、同時に現実のふかい意味をさぐるてだてである。千言を費やすよりも、まずこのふしぎな詩をよんでみることだ」と。もう、私は何も言う必要がなさそうだ。

体調を崩されてから久しいのが心配だが、お手伝いさせていただいたこの詩集の編集作業中の気迫は、若木のように満ち溢れ、真の詩人の威厳に満ちていた。そして、すべてを凝視する視線に衰えはなく、これからも続々と新しい〝詩〟を創りだしていく予感に、私はどれだけ慰め励まされたことだろう。
大兄の〝遺言〟ではなく〝蘇生〟の詩集に乾杯！

（同人誌「裸木」主宰）

◆著者
竹川弘太郎（たけがわ・こうたろう）　本名　**武居 弘**

昭和９年　信州岡谷市生まれ、父親は神職　遠祖は諏訪大社大祝
昭和32年　中央大学法学部卒業　ここで二人の詩友、桜井滋人、新谷行に出会う。
昭和37年　金子光晴に師事
昭和39年　詩誌「あいなめ」を金子光晴、松本亮、桜井滋人、新谷行、金子秀夫，暮尾淳らと創刊。以後「原形」、「地球」、第二次「あいなめ」、「裸木」の同人に参加する。
昭和45年　詩集「ゲンゲ沢地の歌」
昭和50年　詩集「毛」師・金子光晴 逝去
平成19年　小説「始皇帝暗殺・小説壮士荊軻《けいか》伝」（世界文化社）
平成21年　エッセイ「狂骨の詩人金子光晴」（現代書館）
平成24年　小説「孔子　漂泊の哲人」（海竜社）
平成25年　「竹川弘太郎詩集」新・日本現代詩文庫（土曜美術社）
所属団体　なし
現 住 所　〒242-0002神奈川県大和市つきみ野１-５-３　そんぽの家212

わが遺言詩集（わがゆいごんししゅう）

2017 年 11 月 30 日　初版印刷
2017 年 11 月 30 日　第１版第１刷発行

著　者❖竹川弘太郎
編　集❖鳥居哲男
発行者❖坪井公昭

発行所❖開山堂出版株式会社
〒164-0001 東京都中野区中野 4-15-9-1008
tel:03-3389-5469 fax:03-3389-5624

印刷・製本❖モリモト印刷株式会社

ISBN: 978-4-906331-50-5 C0092